L'AMUSEMENT

DES

BEAUX-ESPRITS.

A PARIS,

Chez JACQUES CLOUSIER, Libraire, rue S.
Jacques, à l'Ecu de France.

M. DCC. XLVIII.

Avec Approbation & Permission.

L'AMUSEMENT

DES

BEAUX-ESPRITS.

EPISTRE FAMILIERE.

 E vois regner fur ce rivage
L'innocence & la liberté ;
Que d'objets dans ce Payfage,
Malgré leur contrarieté,
M'étonnent par leur affemblage !
Abondance & frugalité,
Richeffes fans libertinage,
Charges, nobleffe fans fierté :
Mon choix eft fait ; ce voifinage
Détermine ma volonté.
Bienfaifante divinité,
Ajoutez-y votre fuffrage,
Difciple de l'adverfité,
Je viens faire dans ce village

Le volontaire aprentiſſage,
D'une tardive obſcurité;
Auſſi bien de mon plus bel age
J'aperçois l'inſtabilité.
J'ai déja, de compte arrêté,
Quarante fois vu le feuillage
Par les Zéphirs réſſuſcité.
Du Printems j'ai mal profité,
J'en ai regret, & de l'été
Je veux faire un meilleur uſage.
J'aporte dans mon hermitage
Un cœur dès longtems rebuté
Du prompt & funeſte eſclavage
Que fait la folle vanité.
Payſan ſans ruſticité,
Et poli ſans patelinage,
Mon but eſt la tranquilité.
Je veux, pour unique partage,
La paix d'un cœur qui ſe dégage
Des filets de la volupté.
L'incorruptible probité,
De mes ayeux noble partage,
A la Cour ne m'a point quitté:
Libre & franc, ſans être ſauvage,
Du courtiſan foible & volage,
L'exemple ne m'a point gâté.
L'infatigable activité,
Reſte d'un utile naufrage,

Mes études, mon jardinage,
Un repas fans art aprêté,
D'une époufe économe & fage,
La belle humeur, le bon ménage,
Vont faire ma félicité.
C'eft dans ce port qu'en fureté,
Ma barque ne craint plus l'orage.
Qu'un autre à fon tour emporté,
Au gré de fa cupidité,
Sur le fein de l'humide plage,
Du vent ofe affronter la rage,
Je ris de fa témérité,
Et lui fouhaite un bon voyage :
Je referve ma fermeté
Pour un plus important paffage,
Et je m'aproche avec courage
Des portes de l'Eternité.
Je fçais que la mortalité
Du genre humain eft l'apanage :
Pourquoi feul ferois-je excepté ?
La vie eft un pélerinage ;
De fon cours la rapidité,
Loin de m'allarmer, me foulage ;
Sa fin, lorfque j'en envifage,
L'infaillible néceffité,
Ne peut ébranler mon courage.
Bruler de l'or empaqueté,
Il n'en périt que l'emballage ;

C'eſt tout; un ſi leger dommage
Devroit-il être regretté ?

STANCES LIBRES.

LE Printems vient de naitre, & l'aimable Zéphire,
Sur nos côteaux va regner à ſon tour;
Bergers, l'affreux hyver expire,
Chantez ſa défaite en ce jour.

Plus d'un vaiſſeau reprend ſa courſe périlleuſe ;
Le Laboureur quitte enfin ſes tiſons;
La glace ne rend plus la terre pareſſeuſe,
Nos champs ſe couvrent de gazons.

De roſes couronnons nos têtes,
Pour nous les prodiguer la terre ouvre ſon ſein ;
Célébrons, chers amis, la plus belle des fêtes,
Avec un verre toujours plein.

A Vous, pour qui la vie a d'invincibles charmes,
En vain contre la mort vous cherchez du ſecours;
Tous vos jours ſont comptés, Dorimon, vos allarmes
N'en prolongeront pas le cours.

Malgré vos longs projets, même à la fleur de
    l'age,
Vous fermerez les yeux pour ne les plus ouvrir ;
    Bientôt fur le fombre rivage,
D'une éternelle nuit Pluton va vous couvrir.

Eloignons chers amis, un tems fi redoutable ;
C'eft à nous d'adoucir les rigueurs du Deftin :
Buvons, faifons durer les plaifirs de la table,
    Tirons un Roi pour ce feftin.

A Mademoifelle ROSE, Allégorie.

LA Rofe eft l'ornement de l'empire de Flore,
    Tout l'aime, tout lui fait la cour ;
Vous êtes le foutien de l'empire d'amour,
    Dès qu'on vous voit on vous adore ;
En un mot, fi la Rofe eft la Reine des fleurs ;
    Ne regnez-vous pas fur les cœurs ?

    Image parfaite des Belles,
La Rofe a des appas ; mais ces appas trompeurs
    Cachent des épines cruelles ;
    Ces épines font vos rigueurs.

Sur le fein embaumé d'une rofe naiffante ;

Pour compofer fes tréfors précieux,
On voit l'Abeille diligente
Exprimer avec foin un fuc délicieux :
Ainfi lorfque l'Amour veut enflammer une ame,
D'où tire-t-il les traits dont il l'enflamme ?
Belle Rofe, c'eft de vos yeux.

ODE ANACRE'ONTIQUE.

Vivons, aimons-nous, ma Silvie,
Goûtons les plaifirs les plus doux ;
Le bel âge nous y convie
En dépit de tous les jaloux.

N'écoutons point la voix publique ;
Cenfure qui voudra nos mœurs ;
Laiffons s'exercer la critique
Des Vieillards fombres & rêveurs.

Profitons de notre jeuneffe,
Elle eft faite pour les plaifirs ;
Donnons nos cœurs à la tendreffe,
Rien ne s'oppofe à nos défirs.

Sur ta belle main que j'adore
Que mes fens fe trouvent ravis ;

Et que de mille , & mille encore ,
Mes tendres baiſers ſoient ſuivis !

Dans un emploi ſi délectable ,
Pour confondre nos envieux ,
Faiſons un mêlange agréable
De cent baiſers délicieux.

Non , le Cenſeur le plus ſévere,
Par ſa magie & ſes détours,
Ne poura troubler le miſtere
De nos plus ſecrettes amours.

L'HEUREUX REVEIL.

CHarmante Iris, ſi je vous aime,
L'Amour ne prétend point en tirer vanité :
Voici ce que ſa mere en a dit elle-même ,
Et je ſçais bien que c'eſt la vérité.
Un certain jour qu'avec Liſette,
Vous vous coëffiez ſur le bord d'un ruiſſeau,
L'Amour, autour de vous, voltigeant ſur l'herbette,
Me vit couché ſous un ormeau.
Dans le même inſtant la vangeance
Vint animer ce petit Dieu jaloux ;
J'avois , dit-il , & par plus d'une offenſe,
Depuis longtems mérité ſon couroux.

     Alors, d'une main meurtriere,
  Il prend son arc, il me lance ses traits,
Mais inutilement ; sa trop grande colere
    Le fit manquer, quoiqu'il tirât de près.
     Sentant ralentir son courage,
Lui-même il s'accusoit de ne pas se vanger :
Un seul trait lui restoit, il le pousse de rage,
    Tout ce qu'il fit fut de me réveiller.
     Hélas ! quelle fut ma misere !
Je vous vis du coup d'œil dont j'apperçus le jour ;
Et ce coup fit lui seul, plus que n'avoient pû faire,
    Belle Iris, les traits de l'Amour.

ELEGIE.

Il est donc résolu cet injuste voyage,
Qui ravit à mes yeux la beauté qui m'engage ?
Vous avez prononcé, vous & mon mauvais sort,
L'arrêt de votre absence & celui de ma mort,
Hélas ! j'allois mourir, & cette loi severe
Pour terminer mes jours n'étoit pas nécessaire :
Au gré de vos rigueurs j'allois, par mon trépas,
Vous immoler un cœur dont l'amour est extrême,
Mais qui n'est criminel que parce qu'il vous aime.
Pourquoi donc, inhumaine, abandonner ces lieux ?
Ma douleur suffisoit pour venger vos beaux yeux,
Elle alloit de mes jours vous faire un triste hom-
    mage,

Et peut-être adoucir cette humeur trop sauvage.
Que sçai-je si vos yeux témoins de mes malheurs ;
N'auroient pas à ma cendre accordé quelques
    pleurs ?
Vous auriez plaint mon fort, & votre ame attendrie
Eût rendu mon trépas plus heureux que ma vie.
En proye à vos remords, vous auriez dit un jour :
C'est ainsi que ma haine a payé tant d'amour.
Quel fort ! & qu'à ce prix la mort me feroit chere !
Mais que j'éprouve, hélas ! un destin bien contraire !
Rien n'adoucit ma peine, & je m'en vais mourir,
Et sans vous rendre hommage & sans vous atten-
    drir.
Qu'importe que moi-même enfin je me punisse ?
Vous sçaurez mon trépas, & non pas mon suplice ;
Et vous ignorerez qu'avec vous trop d'accord,
Je vous vengeai moi-même en me donnant la mort ;
Ainsi toute espérance à mon cœur est ravie.
Je perdrai mon trépas, en terminant ma vie.
La mort, terme fatal des plus affreux malheurs ;
Ne le deviendra point de mes vives douleurs.
Me refuserez-vous la faveur que j'implore ?
Que je meure à vos yeux : ne partez point encore,
Armez-vous de rigueur, je n'en murmure pas,
Mais laissez-moi du moins le choix de mon trépas.
Cesser un seul moment de voir tout ce que j'aime,
C'est bien plus que la mort, c'est pour moi l'enfer
    même.

Trouvez-vous que mon cœur foit trop ambitieux,
Quand il borne fa gloire à mourir à vos yeux ?
Cette auftere pudeur, qui partout vous confeille,
Ne peut vous reprocher une faveur pareille ;
Payer ainfi mes feux eft un trait de bonté,
Qu'on pourroit dans un autre appeller cruauté.
Mais en vain, pour tout prix de ma perféverance,
J'ofe à votre pitié porter mon efpérance :
Vous ne les plaignez pas ces jours infortunés,
Et ce n'eft qu'en fuyant que vous m'affaffinez.
Ah ! fi dans ce moment, qui fait toute ma crainte,
Vous fentiez de mes maux quelque légere atteinte,
Si, près d'un trifte exil, pour moi fi rigoureux,
Vous donniez un foupir au fort d'un malheureux,
Ce foupir en fortant de votre belle bouche,
Impoferoit filence à l'ennui qui me touche ;
Et peut-être mon cœur pourroit, fans expirer,
Souffrir ce dur moment qui va nous féparer.
Jufques-là, belle Iris, tâchez de vous contraindre,
Si vous plaignez mes maux, ils ne font plus à plain-
    dre ;
Et quelque âpre tourment qu'il me faille fouffrir,
Si ma mort vous déplaît, je ne fçaurois mourir.
Oui, malgré les affauts que ma douleur me livre,
Malgré votre rigueur, je tâcherai de vivre,
Et de me réferver au bonheur que j'attends
De ma perféverance, & de vous & du tems.

VERITEZ.

Les beaux jours de notre Printems
Nous font fortir de l'ignorance,
Et par le fecours du bon fens,
Nous donnent quelqu'intelligence :
Nous croyons avoir de l'efprit,
Mais fouvent c'eft pour notre perte,
Et l'erreur dont il fe nourrit,
En l'abufant nous déconcerte.
On perd tout le fruit de fes foins.
L'âge qu'on nomme raifonnable
Devient, par un fort déplorable,
L'âge où l'on raifonne le moins :
La raifon y tombe en délire,
Les paffions, par leur concours,
De fes confeils troublent le cours,
Et s'emparent de fon Empire.
Quand ces premiers feux font paffés,
Sommes-nous moins embarraffés ?
L'ambition & l'avarice,
Par mille dangereux détours,
Nous conduifent au facrifice
Que nos mœurs leur font tous les jours.
Combien de travaux & de peines !
Vit-on lorfqu'on n'eft plus à foi,

Et que ces fieres fouveraines
A la raifon donnent la Loi?
Le grand âge au fecours s'avance,
Il arrive fort à propos;
Il vient leur impofer filence;
Et vous donner quelque repos.
Notre ame paroît plus tranquile,
La raifon reprend fon flambeau;
Mais il ne nous eft plus utile,
Que pour vous conduire au tombeau.
Je fens l'approche de mon heure,
Par mes jours paffés convaincu,
Que plus fur la Terre on demeure,
Et fouvent moins on a vêcu.

L'AMANT POETE.

LEs plus doux inftans de ma vie
Ont commencé fous vos aimables loix;
C'eft de vous que mon cœur, adorable Sylvie,
Apprit à foupirer pour la premiere fois:
Pour chanter ma flamme naiffante,
J'appris à compofer des vers,
Et de ma mufe bégayante
Les effais vous furent offerts.
Vous avez de mes feux lieu d'être fatisfaite,
Et je ferois un grand Poëte,

Si ma muse, jusqu'à ce jour ,
S'étoit accruë ainsi que mon amour.

L'homme retiré du Monde.
O D E.

LOin de moi, superbes Portiques,
Elevés par la main des Arts ;
Jardins ornés , toîts magnifiques,
D'un vain Peuple amusés les avides regards.
   Ici mes lambris sont des hêtres,
   Je vis sans Sujets , mais sans Maîtres ;
Les vastes Mers , la Terre , & les Cieux azurés ,
Les miracles divers que produit la Nature ,
   Aux bords d'un Onde qui murmure,
Occupent mon esprit dans ces lieux ignorés.

   Que les soucis , les vaines craintes,
   Assiégent les Palais des Grands ;
   Qu'ils en ressentent les atteintes,
Que leurs propres désirs leur servent de Tyrans ;
   Que du fier Démon du carnage,
   Tout ailleurs éprouve la rage,
Il semble respecter cet aimable séjour :
Sans craintes , sans ennuis , sans soins & sans al-
  larmes,

Loin du bruit des cours & des armes,
Je vois naître & mourir l'Astre brillant du jour.

La nuit étend ses voiles sombres,
Les Cieux de mille Astres semés,
A travers ses épaisses ombres,
De feux purs & nouveaux paroissent animés.
Au Très-Haut je rends mes hommages,
Dans ces imparfaites images,
Mes regards étonnés découvrent sa splendeur;
Et par un noble essor abandonnant la Terre,
Je vais au-dessus du Tonnerre,
De l'Estre souverain adorer la grandeur.

La nuit à pas lents se retire,
Je n'entrevois qu'un jour douteux;
L'Air s'éclaircit, l'humide Empire
Ne peut plus dérober le Soleil à nos vœux:
Son Char attelé par les heures,
S'éleve aux célestes demeures,
Dans le pompeux éclat du plus riche appareil;
Les Oiseaux réveillés dans ces belles retraites,
S'unissent au son des Musettes,
Tout célébre, à l'envi, le retour du Soleil.

Ce grand Astre me représente
La majesté de son Auteur;

Et fa lumiere bienfaifante

L'amour & les bontés d'un Dieu confervateur,

Rofes , jafmins , heliotropes ,

Cedres altiers , humbles hyffopes ,

Cités , plaines , deferts , vous partagez fes feux ;

Avec un foin égal Dieu couvre de fon aîle ,

L'enfant foumis , l'enfant rebele ,

Et commande au foleil de luire fur tous deux.

La mer ici paroît tranquile ;

Je puis à ces flots aplanis ,

Confier ma barque fragile ,

Sans redouter des vents les efforts réunis :

Vain efpoir , les ondes mugiffent ,

Le jour pâlit , les vents frémiffent ,

La foudre gronde , éclate , embrafe les Vaiffeaux ;

Du monde féducteur , image naturelle !

La mer eft bien moins infidelle.

Je crains plus fes douceurs que le calme des eaux.

Je tourne mes yeux vers la terre ,

Quelle foule d'êtres épars ,

Ouvrage que fon globe enferre !

Faftueufes Cités , invincibles remparts.

Riches Palais , vaftes campagnes ,

Hôtes des airs & des montagnes.

Vous muets habitans de l'empire des mers ,

Et vous que fon amour a fait pour le connoître,

B

Mortels, adorez ce grand maître ;
Dont la feule parole enchante l'univers.

✴

Solitudes impénétrables ,
Aux ardeurs du flambeau des cieux ;
Bois antiques & vénérables ,
Temples , Palais , Autels de nos premiers ayeux.
Mon ame à votre feule vuë ,
D'un faint refpect fe fent émue ,
Avec vous fans témoin , j'aime à m'entretenir ;
Couché nonchalament fous vos plus noirs ombra-
ges.
Je m'égare au-delà des âges,
Et perce dans le fein du plus fombre avenir.

✴

Rien ne trouble ma paix profonde ;
Et dans ces fauvages climats,
Je crois feul habiter le monde ,
J'y decide à mon gré du deftin des états.
Le bronze , rival de l'hiftoire ;
Envain veut fauver la memoire
Des Princes , des Heros , fameux par leur exploits ;
Le bronze céde au tems , fes monumens perif-
fent ,
Et je vois qu'avec eux finiflent
La gloire & la grandeur des Heros & des Rois.

✴

Les faifons, leur viciflitude ;

Dans le loiſir dont je jouis,
Font ſouvent mon unique étude ;
Mes beaux jours, dis-je alors, ſont preſqu'évanouis.
Tandis que les prez reverdiſſent ;
Mes cheveux chaque jour blanchiſſent ;
Les fleurs dans nos jardins renaiſſent tous les ans.
Tous les ans je revois Flore, Cerés, Pomone,
Je ſuis déja dans mon automne,
Et pour moi je ſens bien quil n'eſt plus de Printems.

L'Hyver attriſte la nature,
Les oiſeaux n'ont plus de concerts.
La terre a perdu ſa parure,
Hériſſés de frimats nos champs ſont des deſerts.
Lorſque les ans, beautés trop vaines,
Glaceront le ſang dans vos veines,
Vous perdrez ainſi qu'eux vos fragiles appas ;
Les plaiſirs, les amours, ne ſuivront plus vos traces.
Ils s'envolent avec les graces,
Et vos lys vont mourir pour ne renaître pas.

Ces torrens formés par l'orage,
Ces tourbillons impétueux,
Des vents l'effroyable ravage,
Ces monts couverts de neige, & ce Ciel nébuleux ;

Vers mon foyer tout me ramene ;
Là ; satisfait de mon domaine,
J'entens autour de moi grônder les aquilons ;
Et sous le toit rustique, où le chaume me cou-
vre,
Humble toit préférable au Louvre,
Je vois l'onde en couroux inonder les valons.

L'héritage du Haneton, Fable.

Cigale ayant hérité
La recolte d'un Eté,
Maintes gousses amassées ;
Maintes fleurs, maint petit grain,
Qu'un haneton, son germain,
Avoit en mourant, laissées :
Heritiere de ce bien,
Fiére de son héritage,
Elle ne pensoit à rien,
Qu'à redoubler son ramage
Et de chanter faisoit rage.
Comme chacun sçait fort bien
Cigale n'est pas trop sage,
Ni trop habile en ménage.
Pour chanter soir & matin.
Danser & faire festin,
Bon cela, ce badinage

Eſt aſſez à ſon uſage.

La fourmi, qui point ne dort,

Et qui ſans ceſſe machine

Nouveau tour, nouvel effort

Pour agrandir ſa chaumine;

Cette adroite, cette fine,

Ayant ſçu que ſa voiſine,

En ménage depuis peu,

Faiſoit aſſez bonne mine,

A qui lui faiſoit beau jeu:

Voilà, dit notre matoiſe,

Juſtement ce qu'il nous faut

Pour vivre en groſſe bourgeoiſe;

De glaner par ce grand chaud,

C'eſt pitié, c'eſt peine extrème;

Mais qu'on eſt exempt de ſoin,

Quand on peut, ſans aller loin,

Moiſſonner au grenier même!

Cela fut dit & fut fait.

Vers la Cigale, en effet,

La Marmiteuſe s'avance

L'œil riant, l'air affecté,

Le corps marchant en cadence.

Après mainte révérence,

Maint compliment concerté:

Sans mentir, en vérité

Lui dit la franche fripone,

Vous voilà toute mignone:

A vous voir cet embonpoint ,
Ce teint qui ne fane point ,
L'œil gai , l'humeur fi gentille ,
Chacun vous prendroit pour fille ;
De chanter rien n'eft fi fain.
Pour moi je travaille en vain ,
Eh qu'on eft fou , quand j'y penfe ;
De fe donner du chagrin
Pour amaffer grain à grain ;
Plaifir vaut plus qu'abondance,
De chanter rien n'eft fi doux ;
Je voudrois , que vous en femble !
Me loger plus près de vous ,
Pour que nous chantions enfemble.
J'ai chez moi jeunes fourmis
Beaux enfans : belle megnie ;
C'eft pour vous autant d'amis ,
C'eft plaifir , c'eft compagnie :
Chacun d'eux vous aidera
A chanter vos chanfonnettes ;
Ils fçavent tous l'opera ,
La bonne femme en fera ,
Qui dira mille fornettes.
Plus de foin , plus de moiffon ;
Plus d'ennui , plus de mifére.
Ça voifine , ça commere,
Une petite chanfon.
A ces mots de la bonne ame ,

Dame Cigale se pâme,
Et d'aise en fait trois soupirs,
Avants-coureurs des plaisirs,
S'attend à nouvelle game.
Bref, de son consentement,
La Fourmi, dans ce moment,
Et toute sa Kirielle,
Vient habiter auprès d'elle,
Chantent chanson quelle quelle,
Mangent la succession
Paternelle & maternelle
De défunt sieur Haneton.
Ainsi se nourrit, dit-on,
Par adresse singuliere,
La Fourmi, ces Fourmillons,
Et toute la Fourmilliere.
Sus dansez, notre héritiere,
Vous payez les violons.

MADRIGAL.

Melite, vous avez tout ce qu'il faut pour plaire,
Esprit, douceur, vertu, beauté,
Grandeur d'ame, surtout un cœur plein de bonté :
Ah ! si ce cœur pour moi se montroit moins sévere,
Que pourroit-il manquer à ma félicité ?

PORTRAIT.

SI j'en crois ma maîtreſſe, elle n'aime que moi,
De tout autre ſon cœur mepriſe les tendreſſes;
    Je ſuis l'objet de ſes careſſes,
    Comme je le ſuis de ſa foi.
Quand même Jupiter la voudroit pour épouſe,
Elle eſt de ſon bonheur, dit-elle, ſi jalouſe,
Qu'elle n'aura jamais un autre époux que moi.
Elle me parle ainſi; mais tout ce qu'une femme
    Dit à celui qui l'aime tendrement,
Pour flater ſon amour & ſoulager ſa flame,
    Je ne le crois que foiblement.
Son eſprit eſt leger, ſon ſerment eſt moins ſtable,
Que s'il étoit écrit ſur l'onde & ſur le ſable.
Elle a des mots flateurs, mais les plus doux ſouvent
Ne ſont que mots en l'air, & que diſcours frivoles,
De toutes ſes douceurs, de toutes ſes paroles,
    Autant en emporte le vent.

MADRIGAL.

JE ne demande au Dieu d'amour,
Quand je ferai fur le retour,
Qu'une marque de fa tendreffe ;
Je lui rends le don de charmer,
Mais, pour confoler ma vieilleffe,
Qu'il me laiffe celui d'aimer.

LA CRAINTE AMOUREUSE.

UNique fouci qui me refte ;
Objet aimable autant qu'aimé,
Iris, contre un fonge funefte,
Raffurez mon cœur allarmé.
J'ai cru voir cette nuit Damis à vos genoux ;
Loin de lui faire voir ce fuperbe couroux,
Qui troubla fi longtems mon ame,
Vous le dirai-je ? Helas ! d'une nouvelle flame,
Partageant les foins les plus doux,
Vous infultiez à mes tranfports jaloux.
Eft-ce Iris, m'écrirai-je ? une fi courte abfence

A-t'elle éteint un feu si beau ?

Quoi ! Cette même Iris, dont la tendre constance
Devoit durer jusqu'au tombeau,
A réservé ce prix à ma persévérance !
Contre Damis elle n'a sçu défendre
Un cœur qui pour moi seul avoit pu s'enflammer !
Un cœur que l'amour le plus tendre
Eut tant de peine à désarmer
Peut-il si lâchement se rendre ?
Iris, vous dis-je enfin, connoissez ma douleur ;
De si beaux nœuds faisoient tout mon bonheur :
Vous me précipitez, cruelle,
Du comble de mes vœux dans un sort plein d'hor-
reur :
Je ne puis vivre & vous voir infidelle.
Hélas ! Votre nouveau vainqueur
A-t'il jamais brulé d'une flamme si belle ?
Connoit-il comme moi le prix de votre cœur ?
Succombant, à ces mots, sous l'image terrible
Des tourmens dont mon cœur se sentoit déchirer ;
Je me perçai le sein ; mais toujours inflexible,
Vos regards achevoient de me désespérer,
Et vous ne paroissiez sensible
Qu'au barbare plaisir de me voir expirer.
Ayez pitié du chagrin qui me tue.
Je ne puis effacer de mon ame éperdue
Cette funeste illusion :
Puisque d'un songe vain la noire impression

Me fait répandre tant de larmes,

Grands Dieux! Que deviendrois-je? Hélas!

Si l'Auteur trop fatal de mes tendres allarmes

M'enlevoit un bonheur qu'il ne mérite pas.

REPROCHE.

TU disois autrefois, trop volage Silvie

Que tu m'aimois plus que ta vie;

Que Jupiter lui-même abandonnant les cieux,

Pour troubler mon bonheur & flater ton envie,

N'auroit que vainement pour toi formé des vœux.

Mon cœur bruloit alors d'une ardeur légitime;

Et d'un amour joint à l'estime,

Je t'aimois comme un pere, ou comme un tendre
ami.

Mon esprit prévenu, par une erreur extrême,

Ne te connoissoit qu'à demi.

Je te connois enfin, hélas! quoiqu'en moi-même,

Je sente encor combien je t'aime,

Cruelle, je ne laisse pas,

Malgré l'éclat de tes appas,

Ni sans sçavoir comment, de te hair sans cesse;

Mais tu me dis, connoissant ma foiblesse:

Se peut-il qu'un amant maltraité, malheureux,

Veuille du mal à sa maîtresse,

Et n'en soit pas moins amoureux?

L'HOMME,
SONNET.

L'Homme insensé, prenant un vol audacieux,
Dit en son cœur qu'il est de l'Univers le maître ;
Que sa raison, surtout, le rend victorieux
Des plus fiers animaux que nous voyons paroître.

Ce fragile Mortel, à peine ouvre les yeux,
Qu'en foule tous les maux lui font assez connoître,
Que cette raison même, ouvrage & don des
    Cieux :
Le fait voir misérable autant qu'on le peut être,

Le passé, le présent, ainsi que l'avenir
Sans cesse de sa fin le font ressouvenir,
L'affligent tour à tour, & redoublent ses craintes.

Haine, amour, crime, ennui, soupçon, dépit,
    forfait,
Larmes, soupirs, transports, travaux, soucis &
    plaintes,
Ce sont là les présens que sa raison lui fait.

LE FAUX DEFUNT,

EPISTRE A IRIS.

Vers les bords du fleuve fatal,
Qui porte les morts fur fon onde,
Et qui roule fon noir criftal
Dans les plaines de l'autre monde ;
Dans une forêt de Cyprès
Sont des routes triftes & fombres,
Que la nature fit exprès
Pour la promenade des Ombres.
Là, malgré la rigueur du fort,
Les Amans fe content fleurettes,
Et font revivre après leur mort,
Leurs amours & leurs amourettes.
Arrivé dans ce bas féjour,
Comme j'ai le cœur affez tendre,
Je réfolus d'abord d'aprendre
Comment on y traitoit l'amour ;
J'allai dans cette forêt fombre,
Douce retraite des Amans,
Et j'en aperçus un grand nombre
Qui pouffoient les beaux fentimens.
Les uns fe faifoient des careffes,
Les autres étoient aux abois,

Auprès de leur fiéres Maitreſſes,
Et mouroient encore une fois.
Là, des beautés triſtes & pâles,
Maudiſſant leurs feux violens,
Murmuroient contre leurs Galans,
Ou ſe plaignoient de leurs rivales.
Parmi tant d'objets amoureux,
Je vis une Ombre déſolée ;
Elle s'arrachoit les cheveux
Dans le fond d'une ſombre allée.
Mille ſoupirs qu'elle pouſſoit,
Montroient qu'elle étoient amoureuſe ;
Cependant elle paroiſſoit
Auſſi belle que malheureuſe.
Tout le monde diſoit : voilà
Cette ame triſte & miſérable ;
Et quoiqu'elle fût fort aimable,
Tout le Monde la laiſſoit là.
Ombre pleureuſe, ombre crieuſe ;
Hélas ! lui dis-je, en l'abordant,
D'une maniere ſérieuſe,
Qu'eſt-ce qui te tourmente tant ?
Chez les morts, ſans cérémonie,
On ſe parle ainſi librement,
Et dès qu'on a quitté la vie,
On ne fait plus de compliment.
Qui que tu ſois, dit-elle, hélas !
Tu vois une ame malheureuſe,

Furieufement amoureufe,
Et qui n'aime que des ingrats.
Dans l'autre Monde j'étois belle,
Mais rien ne pouvoit me toucher;
J'étois fiere, j'étois cruelle,
Et j'avois un cœur de rocher.
J'étois pefte, j'étois rieufe,
Je traitois & bruns & blondins
D'impertinents & de badins;
Bref, je faifois la précieufe.
Ils venoient humblement m'offrir
Et leur eftime & leur tendreffe;
Ils difoient qu'ils fouffroient fans ceffe,
Mais moi je les laiffois fouffrir.
Je rendois leur fort déplorable,
Lorfqu'ils fe rangeoient fous ma loi,
Et dès qu'ils fe donnoient à moi,
Je les faifois donner au Diable.
C'étoit en vain qu'ils s'emflammoient.
Maintenant ces Dieux me puniffent;
Je déteftois ceux qui m'aimoient,
Je cherche ceux qui me haïffent.
Mes deftins le veulent ainfi,
En vain je foupire & je gronde,
Et les Prudes de l'autre Monde
Sont les Folles de celui-ci.
Là, cette Ombre amoureufe & folle,
Pouffa mille foupirs ardens,

Se plaignit, pleura quelque tems,
Puis, en m'adreſſant la parole:
Pauvre ame, dit-elle, à ton tour,
Te voilà peut-être forcée
De venir payer à l'Amour
Ton indifférence paſſée.
De nos cendres froides il ſort
Une vive ſource de flames,
Qui s'attache à nos froides ames,
Qui nous ronge, après notre mort.
Si tu fus jadis des plus ſages,
Tu deviendras fou, malgré toi,
Et tu viendras, dans ces boccages,
Te déſeſpérer comme moi.
Ombre, lui dis-je, ce préſage,
Ne m'a pas beaucoup allarmé;
Je n'aimerai pas davantage,
Je n'ai déja que trop aimé;
Mais je connois une inſenſible,
Dans le monde que j'ai quitté,
Plus cruelle & plus infléxible
Que vous n'avez jamais été.
Jeunes Muguets, galans griſons,
Tous les jours ſont à ſa ruelle,
Et tous lui content leurs raiſons,
Sans en tirer aucune d'elle.
L'un lui donne des madrigaux,
Des épigrammes, des muſettes,

Lui

Lui prête caroffe & chevaux
Pour la promener aux guinguettes!
L'autre admire ce qu'elle dit,
Lui fourit, d'un air agréable,
Et la traitant de bel efprit,
Trouve fa coëffure admirable.
Un tel la prêche un jour entier
Sur les doux plaifirs de la vie,
Et tel autre lui facrifie
Toutes les belles du Quartier.
Vers, profe, foins & complaifance,
Jamais rien n'a pû la fléchir;
Difcrétion, perféverance,
Tout cela ne fait que blanchir.
On a beau lui faire l'éloge
De ceux qui l'aiment tendrement,
Cœur François, Gafcon, Allobroge,
Ne la tentent pas feulement.
Que je plains, dit l'Ombre étonnée,
Cette belle, au cœur endurci !
Nous la verrons un jour ici
Souffrir comme une ame damnée.
Mille foins la déchireront,
Elle féchera de tendreffe,
Et ceux qui la fuivent fans ceffe
Eternellement la fuiront.
Alors cette fille enflámée,
Sans efpérance de retour,

C

Et sans nul espoir d'être aimée,
Voudra toujours faire l'amour.

A ces mots, la malheureuse Ombre,
Se tut, rêvant à son destin ;
Et retombant dans son chagrin,
Reprit son humeur triste & sombre.

Réponse d'Iris à l'Epitre précédente.

Moi, qui sçûs mourir & renaître,
J'ai vû l'autre Monde de près ;
Je n'ai point vû le Myrthe y croître
Parmi les funestes Cyprès.
Jusqu'aux bords de l'Onde infernale,
L'Amour étend bien son pouvoir ;
Mais, passé la rive fatale,
Le pauvre enfant n'y peut que voir.
Là bas, dans ces demeures sombres,
Rien ne sçauroit toucher un cœur,
Croyez-m'en plutôt que les Ombres,
Car il n'est rien de si menteur.
Il en est, à mines discrettes,
Et d'un entretien décévant ;
Mais fiez-vous à leurs fleurettes,
Autant en emporte le vent.

Sans deſſein, ſans choix, ſans étude,
D'autres ſoupirent tout le jour ;
Un certain reſte d'habitude
Les fait encor parler d'amour.
A de pareilles deſtinées
Grand nombre de Gens eſt ſoumis ;
Si telles ames ſont damnées,
Malheur à nos meilleurs amis.
Enfin la Parque, aux morts ne laiſſe
De leurs amours qu'un ſouvenir,
Sans que leur défunte tendreſſe
Leur puiſſe jamais revenir.
L'objet agréable ou funeſte
Sur eux fait peu d'impreſſion ;
Ombres qu'ils ſont, il ne leur reſte
Que des ombres de paſſion :
D'en naître là, point de nouvelles,
Chaque Blondin vaut un Barbon,
Et la plus jeune Demoiſelle
Paroît avoir cent ans, dit-on.
C'eſt une choſe inſuportable
Que l'entretien d'un trépaſſé,
Car que ſçait-il, le miſérable,
Que des contes du tems paſſé ?
Aime-t'on des Ombres de glace ?
Quel feu tient contre leur froideur.
Faites-moi quelqu'autre menace,
Si vous voulez me faire peur.

Pour apuyer la prophétie,
Me défendrois-je avec effort,
De tant d'honnêtes gens en vie
Pour m'entêter d'un pauvre mort?
Mais, par bonheur, sans se méprendre,
On peut fuir l'amour & ses traits,
Et qui, vivant, sçait s'en défendre
S'en trouve quitte pour jamais.
Qui se sent prude & précieuse,
Pour toujours est en sureté,
Et fût-elle peste & rieuse,
Les rieurs sont de son côté.
Si je craignois d'être affligée
De quelques véritables maux,
Je vous serois fort obligée;
Ma foi, vous revenez à faux.

SUR UN CHAT,
RONDEAU.

DE mon Chartreux veux faire le tableau,
Besoin aurois d'un excellent pinceau,
Pour crayonner si grande gentillesse,
Attraits si fins, si mignarde souplesse;
Mais, las! ne suis que chetif poëtereau.

Dirai pourtant qu'il n'eſt rien de ſi beau ;
Et Cupidon, tant joli jouvenceau,
Pas n'a l'eſprit, ne la délicateſſe
  De mon Chartreux.

Oui, ſi Jupin ſe changeoit de nouveau ;
Plus ne ſeroit ſerpent, cygne, ou taureau ;
Mais, pour toucher quelque gente maîtreſſe ;
Se dépouillant de ſa divine eſpéce,
Revêtiroit la figure & la peau
  De mon Chartreux.

Le Pinçon & la Fauvette,

FABLE.

Gentil Pinçon, dans un Boccage,
Leſte, galant, né pour l'Amour,
A pluſieurs Oiſeaux d'alentour
Contoit fleurette en ſon ramage ;
Charmé d'aſſujettir un cœur,
Ce franc Coquet enflammoit maintes belles ;
Et laiſſoit à d'autres l'honneur
D'être Amans conſtans & fideles.
Mais à force de prendre, on eſt quelquefois pris,
C'eſt ce qu'à leurs dépens bien des gens ont apris.

Pinçon, fur un Ormeau, rencontre une Fauvette.
Séduifante Venus, elle avoit tes attraits :
    Dans l'art de tendre des filets
    Fut-il plus habile coquette ?
Notre Galant lui fait auffi-tôt les doux yeux,
    Lui dit qu'il n'eft rien fous les Cieux
    Qui lui puiffe être comparable.
La Fauvette répond au difcours gracieux
    Avec un ton flateur, aimable.
Elle place fi bien fes talens enchanteurs,
Sent embrafer le fien d'une fubtile flamme.
L'Amour fur le Pinçon femble épuifer fes traits ;
    Aucun preux Chevalier jamais
Ne fut autant que lui tranfporté pour fa Dame.
Du récit de fes feux il frappe les échos,
Pour les Hôtes des Bois il n'eft plus de repos.
    On parle enfin de mariage.
    La Coquette, pour engager
    Son Amant, fujet à changer,
Affecte humble maintien & doucereux langage.
Réfolue à jouer un autre perfonnage,
    Et même à le faire enrager,
    Quand elle feroit en ménage.
Sitôt que le Pinçon eut formé le lien,
    Qu'il croyoit le fouverain bien,
    Il eft en proye aux ennuis, à la peine,
    Il maudit hautement fa chaîne.
    La Fauvette, pour fon époux,

Fait briller son humeur bizarre ;
Et se fait un plaisir barbare
De causer ses soupçons jaloux.
En fait d'hymen, est sage qui préfere
Aux vains charmes de la beauté,
A quelqu'agrément affecté,
La vertu, la douceur, & le bon caractére.

IRIS, A SES AMANS.

JE voudrois aimer à mon tour,
Je suivrois vos conseils, mais je n'ose m'y rendre :
On a moins de plaisir à céder à l'amour
       Qu'on n'a de peine à s'en défendre.
On résout aisément une jeune beauté
A souffrir des amans attentifs à lui plaire,
       Et toute la difficulté
       Est sur le choix qu'il en faut faire.
       Nous laissons toucher notre cœur,
       Il ne faut pas trop nous contraindre :
       Ce n'est pas l'amour qui fait peur,
       Mais les Amans qui sont à craindre,
       Si nous faisons des mécontens,
       Ils sont la cause de leurs peines ;
       Et s'il n'étoit point d'inconstans,
       Il ne seroit point d'inhumaines.

                              C iiij

Quand, foumis à nos pieds, vous venez nous flater
　　　D'une fure & pleine victoire,
　　　Quel plaifir de vous écouter !
　　　Quel chagrin de n'ofer vous croire.
　　　A peine fommes-nous d'accord,
Que vos vœux inconftans viennent troubler la
　　Fête ;
Vous ne pouvez aimer que jufqu'à la conquête,
Nous voulons, par malheur, aimer jufqu'à la mort.
Ne nous blâmez donc point d'être pour vous trop
　　fieres,
　　　C'eft vous qui nous y contraignez :
　　　Nous fouffrons toujours les premieres
　　　Les rigueurs dont vous vous plaignez.
　　　D'un nouvel Amant qui foupire,
　　　D'abord on fe trouve affez bien,
　　　Mais le meilleur ne vaut plus rien,
　　　Lorfqu'on foulage fon martyre.
　　　C'eft ainfi que j'ai vu trahir
La jeune Amarillis & la crédule Aminte ;
　　　Guériffez-moi de cette crainte,
A l'Amour auffi-tôt je confens d'obéir.

CHANSON.

LE Dieu des pots, dont j'aime la liqueur,
Difpute au Dieu d'amour l'empire de mon cœur,
Et je fens que l'un d'eux va gagner la victoire.
Belle Iris, vous pouvez les accorder tous deux ;
Toujours au tendre amour j'adrefferai mes vœux,
Si votre belle main veut me verfer à boire.

Idée de l'honnête Homme.

S'Il étoit néceffaire au bien de fa patrie ;
Il y facrifiroit fa fortune & fa vie ;
Si les poftes vaquoient par manque de fujets,
On le verroit courir après les plus abjets :
Mais tant d'autres fans lui , font avides de pla-
ces ;
Il ne fçait point comme eux foliciter les graces ;
Et le monde dût-il être fon ennemi,
Il n'eft le courtifan que d'un fincere ami.
Il faut aux préjugés que le Sage s'ajufte,
Qu'il craigne le Public , mais c'eft quand il eft
jufte.

L'honnête-homme chez foi fe tenant concentré,
Pefe le prix du tems, & l'employe à fon gré.
Il choifit fes amis, avec eux aime à vivre.
A fa table chacun s'abandonne & fe livre :
Que l'on foit noble ou non, qu'importe ? deux
   vertus
Se comptent dans fon cœur pour vingt ayeux de
   plus.
L'amitié fi facrée & fi rare en pratique ;
Forment toutes fes loix & fait fa politique ;
Et fon cœur enyvré par le prix des bienfaits,
Ne perd le fouvenir que de ceux qu'il a faits :
De fa tendreffe enfin il porte le prodige
Au point de rendre grace à l'ami qu'il oblige.

LES ANCIENS GUERRIERS,

O D E.

Quel épouvantable tonnerre
A frapé mes fens éperdus !
Sur la furface de la terre
Que d'hommes armés répandus !
Dans leur cœur réfide la rage,
Leur front annonce le carnage ;
La Difcorde parle : à fa voix,

Les hommes maſſacrent les hommes.
Infenſés mortels que nous ſommes!
La mort n'a-t'elle pas ſes droits?

Cœurs barbares! de la nature
Servez mieux les tendres deſirs:
Eſt-il une route plus ſûre
Que de ſe rendre à ſes ſoupirs?
Voit-on, pour ſe faire la guerre,
Les lions, ravageant la Terre,
Franchir les fleuves & les monts?
Le tigre, que le tigre offenſe,
Court-il à la mort par vangeance?
Fiers Mortels, voilà des leçons.

Quoi! ravager la Terre & l'Onde,
Triſte meſſager de la mort,
Chercher dans le malheur du monde
A ſe faire un illuſtre ſort:
Saccager les Bourgs & les Villes,
Rendre les Campagnes ſtériles,
Voilà le Héros généreux;
C'eſt à bon droit qu'on lui préfere
L'homme dont la main ſalutaire
Seme pour faire des heureux.

De ces demi-Dieux redoutables

Pourquoi renverfer les autels ?
Les guerriers ne font point coupables,
Les hommes feuls font criminels.
Dans ces combattans intrépides,
J'aperçois moins des homicides
Que les défenfeurs des Etats :
Dans les combats qui nous oppriment,
Je vois un bras vangeur qu'animent.
Les horreurs de nos attentats.

Le ciel éloigne de nos Villes
Le fleau le plus odieux,
La fureur des guerres civiles ;
Où s'entrégorgeoient nos ayeux.
Jours affreux où les homicides
Etoient autant de parricides,
Les amis autant d'ennemis ;
Le frere ceffoit d'être frere,
Le fils s'armoit contre fon pere ;
Et le pere égorgeoit fon fils.

Enfin de nouvelles années
Vont nous ramener de beaux jours ;
De nos cruelles deftinées
Nous allons voir finir le cours.
On n'entendra plus fur la terre
Le nom terrible de la guerre,

On mettra la Difcorde aux fers:
L'aimable paix victorieufe,
Va rendre la nature heureufe,
En triomphant de l'Univers.

CHANSON.

UN Roffignol, dans les bois de Cythere,
Chantoit l'amour fur mille jolis tons;
Il enfeignoit l'art d'aimer & de plaire,
Tous les oifeaux prenoient de fes leçons:
Tout eft douceur dans l'amoureux empire,
On n'y connoît ni peine, ni tourment;
Un jeune cœur, lors même qu'il foupire,
Malgré fes maux, goute un plaifir charmant.

SONNET.

SAns trop de bien vivre content, joyeux,
A l'heur d'autrui ne point porter envie;
Et fans procès, chagrin, ni maladie,
Rire tout bas du Riche malheureux.

Sans nul enfant, femme, coufins, neveux,
De quelqu'ami chercher la compagnie;

Et quelquefois, à quelque gente amie,
Faire l'amour, mais fans être amoureux.

※

Paffer le jour en une douce étude,
Faire des Vers, bien moins par habitude
Que par plaifir; boire du bon, mais peu.

※

Fuir le caprice ainfi que la folie,
Dormir affez, ne point aimer le jeu,
C'eft le moyen de jouir de la vie.

F I N.

Lû & approuvé, ce 13 Août 1748. CRE'BILLON.

Vû l'Approbation, permis d'imprimer à la charge d'en-
regiftrement à la Chambre Syndicale, ce 16 Août 1748.

BERRYER.

Regiftré fur le Livre de la Communauté des Li-
braires & Imprimeurs de Paris, N°. 3264. con-
formément aux Réglemens, & notamment à l'Ar-
rêt du Confeil du 10 Juillet 1745. A Paris, le
20 Août 1748. Signé, G. CAVELIER,
Syndic.

De l'Imprimerie de JORRY.